Para Dany, la reina de las glicinas.
M. B.

Para mi hermana, Olivia, que está a mi lado desde la prehistoria.
C. N. V.

Puedes consultar nuestro catálogo en
www.picarona.net

EN LA PREHISTORIA
Texto: *Christine Naumann-Villemin*
Ilustraciones: *Marianne Barcilon*

1.ª edición: junio de 2018

Título original: *Au temps de la préhistoire*

Traducción: *Verónica Taranilla*
Maquetación: *Montse Martín*
Corrección: *Sara Moreno*

© 2017, Kaléidoscope
(Reservados todos los derechos)
© 2018, Ediciones Obelisco, S. L.
www.edicionesobelisco.com
(Reservados los derechos para la lengua española)

Edita: Picarona, sello infantil de Ediciones Obelisco, S. L.
Collita, 23-25. Pol. Ind. Molí de la Bastida
08191 Rubí - Barcelona
Tel. 93 309 85 25 - Fax 93 309 85 23
E-mail: picarona@picarona.net

ISBN: 978-84-9145-174-7
Depósito Legal: B-8.529-2018

Printed in Spain

Impreso en España por ANMAN, Gràfiques del Vallès, S. L.
c/ Llobateres, 16-18, Tallers 7 - Nau 10. Polígono Industrial Santiga.
08210 - Barberà del Vallès (Barcelona)

E NAUMANN-VILLEMIN  MARIANNE BARCILON

EN LA PREHISTORIA

Picarona

En tiempos prehistóricos, la vida no era fácil para los antepasados de los tres cerditos.

¡No, no! Su mamá no estaba cómoda. Una mañana, les dijo:

—Oinc, oinc... –que significaba: «Hijos, ya sois mayores. Es hora de que os apartéis del calor de mis largos pelos y busquéis vuestro propio hogar».

(El ancestro del cerdo era bastante peludo, sobre todo la mamá de los tres cerditos).

Los pequeños dieron un rápido beso a su madre y partieron.

El primero en seguida se fijó en un arbusto. Llevó algunas hojas
para hacer un colchón confortable, se hizo con una pequeña reserva de bellotas,
se instaló cómodamente y disfrutó de su programa favorito: la puesta de sol.

El segundo, más sabio, se fijó en cuatro árboles que formaban, más o menos, un cuadrado. Puso ramas para cerrar los costados y descubrió que su trabajo estaba bastante bien para alguien que no tenía ni siquiera un destornillador. Se deslizó dentro y disfrutó de su programa favorito: las estrellas en el cielo.

El último caminó durante mucho más tiempo. Llegó frente a un agujero excavado en la montaña.

Pasó todo el día empujando la gran piedra redonda que bloqueaba la entrada.

Por la noche, finalmente, pudo deslizarse dentro. Hacia la mitad de la noche,

logró colocar la piedra en la dirección opuesta. ¡Finalmente estaba seguro!

Echó un vistazo por el agujero que había en el centro de la gran piedra: ¡nadie!

El cerdito no vio ningún programa porque estaba agotado. Durmió como un tronco.

En mitad de la noche, un animal más peludo que la madre de los cerditos,
provisto de numerosos dientes,
se acercó al arbusto del primer cerdito.
—¡Eh! ¡Grooouuumchhhh! ¡Honk, honk!
–que en lenguaje de lobo prehistórico
(porque era un lobo) significa:
«¡Sal de ahí, pequeño animal,
que te voy a comer,
o soplaré sobre tu arbusto
hasta que se vuele!».

—Bla, bla, bla, tralará tralará –respondió el pequeño, es decir: «¡Ni lo sueñes!».

Entonces, el lobo hinchó
sus pulmones.
Pero en ese instante,
se oyó un terrible trueno
y un rayo surcó el cielo.
El rayo cayó sobre el arbusto,
que se incendió de inmediato.
—¡Ay, caramba! –gritó el lobo.
En otras palabras:
«¡Ah, soy un genio,
acabo de inventar el fuego!».

Pero estaba tan ocupado en regocijarse que no vio que el cerdito huía a la casa de su hermano. Este último le abrió la puerta y los dos se acurrucaron temblando uno junto a otro.

El lobo lo siguió mientras sostenía con cuidado su antorcha.
—¡Groooouuuuuchhh! ¡Burp, burp! –eructó.

—Bla, bla, bla tralará tralará lará lará! –respondieron a coro los dos hermanos, lo que podríamos traducir como: «¡No nos comas, no tenemos buen sabor!».

Inmediatamente,
el lobo comenzó a
soplar, soplar y soplar
sobre el miserable
refugio.

Pero en aquella época no había dentistas y los lobos tenían una higiene dental absolutamente deplorable. Entonces, a fuerza de soplar, uno de sus dientes inferiores se desprendió y cayó al suelo.

El lobo lo tomó y, con rabia, lo plantó en la cabaña, en la que, para su gran sorpresa, hizo un gran agujero.

—¡Caramba! ¡He inventado la primera herramienta! ¡Soy un genio!

Pero mientras se felicitaba, los cerditos huían a casa de su hermano mayor. Este último tardó un poco en abrir su gruta y en volver a cerrarla. No importó, porque el lobo estaba bailando una pequeña danza de la victoria y no tenía prisa por cenar.

—¡Gnagnagna lorapa lorapanu! –canturrearon los cerditos tan pronto como estuvieron a salvo.

El lobo llegó tranquilamente, con su antorcha en una mano y su herramienta en la otra.

—¡Houhouhouhou, lalalaaalalaa! –cantaba la gran bestia.

—¡Takaté brosé! –dijeron los pequeños todos a coro.

—¡Groooouuuumchhh! ¡Honk honk! –insistió el lobo, preparado para soplar.

Como había un agujero en la gran roca de la puerta,
miró hacia el interior. Pudo ver a los tres hermanos burlándose de él.
Extremadamente molesta, la gran bestia clavó su palo ardiente
en el agujero, sólo para asustarlos.

Para su gran sorpresa, notó que un ligero empujón era suficiente para mover la gran piedra.

—¡Euromillón, superloto, rueda de la fortuna! –Lo que podríamos traducir aproximadamente como: «¡No puedo creer que sea tan inteligente, acabo de inventar la rueda! Todo el universo me recordará como el ser más maravilloso de todo el planeta Tierra».

Además, frente a él estaban los tres cerditos, asustados, indefensos, totalmente a su merced.

¡Ah! ¡Y con el fuego, iba a disfrutar de la primera barbacoa de la historia!

—¡Yupiypiyey! –exclamó el lobo, apresurándose sobre los pequeños.

Pero, en ese instante, un tiranosaurio que pasaba por allí
se comió al lobo de un bocado.
Un pequeño bocado.